EH Héritage jeunesse

Catalogage avant publication de Bibliothèque et Archives nationales du Québec et Bibliothèque et Archives Canada

Kalkipsakis, Thalia

    Je nage ou je me noie !

    (Go girl!)
    Traduction de : Sink or swim.
    Pour les jeunes.
    ISBN 978-2-7625-9043-2

    I. Oswald, Ash. II. Ménard, Valérie. III. Titre. IV. Collection : Go girl!.

Sink or swim de la collection GO GIRL!
Copyright du texte © 2008 Thalia Kalkipsakis
Maquette et illustrations © 2008 Hardie Grant Egmont
Le droit moral de l'auteur est ici reconnu et exprimé.

Version française
© Les éditions Héritage inc. 2011
Traduction de Valérie Ménard
Révision de Ginette Bonneau
Infographie : D.sim.al/Danielle Dugal

Nous reconnaissons l'aide financière du gouvernement du Canada par l'entremise du Programme d'aide au développement de l'industrie de l'édition (Padié) pour nos activités d'édition.

Gouvernement du Québec – Programme de crédit d'impôt pour l'édition de livres.

Je nage ou je me noie!

PAR
THALIA KALKIPSAKIS

TRADUCTION DE VALÉRIE MÉNARD
RÉVISION DE GINETTE BONNEAU

ILLUSTRATIONS DE
DANIELLE McDONALD
ET ASH OSWALD

INFOGRAPHIE DE DANIELLE DUGAL

Chapitre
un

Sur le panneau situé à l'autre extrémité de la piscine, on peut lire: EAU PROFONDE 2,20 m.

C'est à cet endroit que se dirige Eva — le plus rapidement possible sans toutefois courir! Elle garde la tête haute et marche d'un pas rapide. Ses pieds produisent un bruit de succion lorsqu'ils frappent contre les carreaux trempés. Elle court presque, mais pas tout à fait!

Les autres enfants qui font partie du cours de natation d'Eva se bousculent autour d'elle.

Ils doivent avoir l'air plutôt fous — un groupe de marcheurs rapides qui se précipitent le long de la piscine principale.

— Ralentissez, les Dauphins! les avertit Olivier, leur professeur de natation.

Il dit toujours cela. Eva ralentit à peine le pas. Quand elle se dirige vers un endroit qui lui plaît, Eva est toujours pressée de s'y rendre! D'ailleurs, plus vite elle arrivera au bout de la piscine, plus vite elle retournera dans l'eau.

Lorsque tout le monde est réuni à l'autre bout, Olivier commence à distribuer des briques. Eva remue ses jambes froides et tient sa brique avec ses deux mains. Sa brique est rouge vif, et l'un des coins est ébréché.

— Souvenez-vous de la couleur de votre brique, tout le monde, crie-t-il. Il doit hausser

la voix pour couvrir le bruit et les éclaboussements en provenance de la piscine voisine.

Olivier prend la brique d'Eva et lui fait un
clin d'œil.

— Merci Eva, dit-il en lançant la brique
rouge dans la partie profonde. La brique fait
un grand plouf avant de couler doucement
dans le fond de la piscine. Il lance ensuite une
brique noire. Puis une verte, puis une jaune, et
puis une orange et une bleue.

— C'est l'heure de la plongée sous-marine,
dit Olivier. Et rappelez-vous, si vous élevez
votre bassin, vous aurez plus de facilité à plonger vers le bas.

Ils se regardent les uns les autres pendant
un moment — ils ont les yeux brillants et les
joues rouges. Puis, ils plongent dans l'eau
profonde.

L'eau est chaude. Eva est presque certaine de savoir où se trouve sa brique. Elle nage au-dessus de l'emplacement et prend une grande respiration pour remplir ses poumons d'air.

Soudain, le bruit ambiant s'assourdit sous l'eau. Eva agite rapidement les jambes et pousse les bras dans l'eau. Elle aperçoit de larges lignes noires au fond de la piscine, sous elle.

Eva cherche une tache rouge au fond. La voilà! Sa brique rouge vif est à demi couchée sur une ligne noire. Elle n'est qu'à quelques poussées d'y arriver.

Eva touche la brique du bout des doigts et l'agrippe fermement. Elle se donne une poussée et remonte à la surface. Lorsqu'elle émerge la tête de l'eau, le son des éclaboussements et des rires parviennent à nouveau à ses oreilles.

Elle inspire profondément et jette un coup d'œil rapide autour d'elle. Trois autres enfants ont déjà sorti la tête de l'eau, mais ils n'ont rien dans les mains.

Eva est la première à avoir trouvé sa brique! Elle la soulève hors de l'eau, puis agite l'autre bras énergiquement pour pouvoir la garder dans les airs.

— Je suis la première! crie-t-elle à Olivier.

— Félicitations Eva, répond Olivier en souriant. Mais ce n'est pas une course, tu ne te souviens pas ?

Eva hausse les épaules. Elle sait que ce n'est pas une course. Mais cela ne l'empêche pas de se réjouir d'avoir été la première à sortir !

Peu de temps après, toutes les briques ont été trouvées et le cours prend fin. Le moment de la semaine que préfère Eva est terminé.

— Parfait, bon travail ! crie Olivier.

Il se penche pour prendre quelques planches.

— On se revoit la semaine prochaine.

Les autres élèves de son cours se dirigent vers le vestiaire, les joues roses et les pieds mouillés. Mais Eva monte l'échelle de la piscine très lentement. Elle prend toujours son temps pour sortir de la piscine.

— Eva! l'interpelle Olivier en la regardant par-dessus une pile de planches. Viens me rejoindre à la réception avec ta mère lorsque tu seras prête, d'accord? J'aimerais vous parler à toutes les deux.

— Oh... ouais, d'accord, balbutie Eva, étonnée. Pourquoi...

Mais Olivier s'éloigne déjà vers la salle d'entreposage.

Eva le regarde s'en aller en se mordillant la lèvre.

Que se passe-t-il?

Elle se demande pendant un moment si elle a fait quelque chose de mal pendant le cours.

Mais elle n'en a pas l'impression. C'est l'une des meilleures nageuses !

Alors, de quoi Olivier souhaite-t-il lui parler ? Ça ne peut qu'être positif.

Chapitre deux

Eva se tient sur la pointe des pieds devant le comptoir de la réception en compagnie de sa mère. Elle essaie de voir par-dessus le comptoir. Elle s'est tellement dépêchée à s'habiller que ses cheveux dégoulinent sur son dos. Elle n'a même pas pris le temps de mettre de bas dans ses souliers d'école.

À quoi servent les bas à un moment pareil! pense Eva avec excitation.

Bientôt, Olivier ouvre la porte qui débouche dans une pièce à l'arrière et s'avance vers le comptoir. Il sourit à la mère d'Eva.

— Bonjour Cathy, lance-t-il en parcourant une pile de feuilles.

— Bonjour Olivier, répond la mère d'Eva sur un ton interrogateur.

— Votre fille travaille très fort pendant les cours de natation, dit Olivier en souriant à Eva. J'aimerais savoir si elle serait d'accord pour se joindre au groupe Junior.

Le groupe Junior? Eva saute sur place. Elle s'agrippe au comptoir et essaie de lire ce qui est écrit sur les feuilles devant Olivier. C'est difficile de lire à l'envers, et en plus, les feuilles disparaissent chaque fois qu'elle repose les pieds par terre.

Le groupe Junior? C'est génial!

La mère d'Eva lui sourit fièrement.

— Je confirme. Eva adore la natation.

— Tenez, dit Olivier en tendant des documents à la mère d'Eva. Lisez ceci quand vous rentrerez à la maison. Le groupe Junior est plus exigeant, mais nous avons beaucoup de plaisir.

Eva saisit le bras de sa mère.

— Est-ce que je peux, maman ? S'il te plaît, dis oui !

Sa mère fronce les sourcils.

— Bien, je vais d'abord lire ces documents. Et nous devons aussi en parler à ton père...

Puis, elle lève les yeux au ciel et éclate de rire.

— Mais nous serions fous de t'en empêcher, Eva.

— Youpi ! s'écrie Eva.

Elle se remet à sauter. Mais cette fois-ci, ce n'est pas pour voir par-dessus le comptoir. Elle ne peut soudainement plus arrêter de sauter !

Ce soir-là, après le repas, Eva s'étend sur son lit. Elle ne parvient pas à détacher les yeux des documents qu'Olivier leur a remis.

Le groupe Junior a l'air formidable! Sérieusement, il lui permettrait d'avoir deux cours par semaine et lui donnerait l'occasion de participer à de vraies courses. Même le matériel requis pour le groupe Junior semble intéressant! Elle aura besoin de deux paires de lunettes de plongée, de ses propres palmes et d'une bouteille d'eau.

Lorsqu'elle termine la lecture des documents, Eva les étale sur son bureau avec soin. Puis, elle remplit les formulaires de sa plus belle écriture. En fait, seulement les questions auxquelles elle peut répondre. Eva sait qu'elle ne peut pas signer à la place de sa mère !

Pendant qu'elle travaille, Eva incline la tête et l'agite de temps à autre afin de faire sortir l'eau de ses oreilles.

Lorsqu'elle termine, Eva s'adosse à sa chaise. C'est plutôt excitant, même si Eva sait qu'elle ne sera plus la meilleure de son groupe. Mais pas pour longtemps ! Olivier croit qu'Eva est capable de suivre les autres élèves Juniors, et elle fera de son mieux pour y arriver.

Eva prend une vieille revue dans sa bibliothèque. Elle la dépose sur son bureau et commence à la feuilleter. Elle cherche quelque chose. Lorsqu'elle trouve l'article intitulé *Des filles en or,* elle cesse de tourner les pages.

Au milieu de la page apparaît la photo des quatre femmes les plus formidables qu'Eva ait jamais vues — les filles de l'équipe féminine canadienne de natation. Des médaillées d'or ! Et elles ont vraiment l'air de filles en or — fortes, musclées, la peau reluisante...

Une nageuse blonde sourit à la caméra et lève les doigts pour montrer son vernis à ongles original. Une médaille d'or scintille à son cou.

Eva a soudain une idée. Elle prend sa boîte à bijoux dans le tiroir inférieur de sa commode. À l'intérieur se trouvent un baume pour les lèvres, un paquet de gomme, cinq bracelets... et deux flacons de vernis à ongles. L'un est rose écarlate, et l'autre est rouge foncé. Deux flacons ne suffiront pas, mais Eva a aussi une bouteille de liquide correcteur...

Eva se mordille la lèvre inférieure et fronce les sourcils. Puis elle se met au travail. Ce n'est pas facile. Puisque quelque poils de la brosse du vernis rouge se séparent des autres, il lui est difficile de tracer des traits fins. Mais Eva prend son temps et s'assure que le travail est bien fait.

Lorsqu'elle termine, Eva se redresse et regarde ses ongles d'un air satisfait. Chaque ongle est moitié rose, moitié rouge — avec des gribouillis blancs et des points par-dessus. C'est très original !

Eva sourit et agite la main dans les airs. Elle se sent un peu ridicule d'imiter la nageuse de

la photo. Mais c'est tout de même très amu-
sant.

Et peut-être, pense Eva, peut-être qu'un
jour, je remporterai des courses, moi aussi.

Chapitre trois

— Heureux de t'accueillir parmi nous, Eva,
dit Olivier.

Il se frotte les mains, impatient de se mettre au travail.

Eva sourit et serre son sac de plongée
contre sa poitrine. L'air est chaud et
humide. Son cœur bat d'excitation. Elle a
tout ce dont elle a besoin pour le groupe
Junior dans son sac. Elle s'est procuré deux
nouvelles paires de lunettes de plongée, des
palmes et une bouteille d'eau. Elle a déjà

enfilé son casque et un vieux maillot de bain.

Le micro produit de l'écho dans le haut-parleur pendant qu'Olivier présente Eva aux autres enfants qui sont alignés sur le bord de la piscine.

Elle peut difficilement voir leurs visages puisqu'ils ont déjà mis leur casque et leurs lunettes de plongée. Mais Eva sent que les autres enfants prennent la natation au sérieux. Leurs corps sont sveltes et musclés.

— Voici Marianne, dit Olivier, et la dernière et non la moindre, Jade, conclut-il en pointant une fille qui porte un casque et un maillot assortis à l'extrémité de la ligne.

Jade est grande et possède des épaules car-rées et musclées. Pendant qu'elle nage, Eva croit apercevoir quelque chose briller sur ses doigts.

Est-ce que Jade porte du vernis à ongles ? se demande Eva. Elle adresse un sourire à Jade.

— OK tout le monde. Commencez par vous échauffer. Ensuite, faites des longueurs, crie Olivier.

Eva imite Olivier alors qu'il tourne les bras et leur montre comment étirer les muscles de leurs épaules.

Puis — flic, flac — le reste du groupe saute dans l'eau.

Eva s'apprête à les rejoindre lorsqu'Olivier lui demande d'attendre. Il se tient à côté d'elle, les mains sur les hanches.

— Analysons ta technique de nage en crawl.

— Hum...

Eva se sent un peu ridicule. Les autres sont déjà dans l'eau, alors qu'elle n'est même pas encore trempée ! Puis elle sourit. Le groupe Junior, c'est du sérieux. Eva est décidée à faire tout ce que lui demandera Olivier. Même de nager dans les airs !

Elle se penche vers l'avant et bouge les bras pour recréer la technique de nage en crawl.

— Très bien, dit Olivier en fronçant les sourcils. Tu dois toujours penser à ta technique.

Il tient le bras d'Eva et le fait tourner dans les airs.

— Tu dois lever le coude en premier, pas la main. D'accord? indique Olivier en tenant le coude d'Eva très haut. Et imagine-toi que tes doigts glissent sur l'eau.

Eva bouge les bras en s'efforçant de garder les coudes bien hauts et de laisser glisser ses doigts sur l'eau. Elle a soudain l'impression qu'il s'agit d'une toute nouvelle technique.

Olivier se tient derrière elle et hoche la tête pendant qu'Eva s'entraîne.

— Bien. Tu peux maintenant aller dans l'eau.

Enfin! pense Eva en sautant à pieds joints dans la piscine. Elle a déjà la sensation d'être une meilleure nageuse. Et elle n'a même pas encore commencé à nager!

Alors qu'Eva effectue sa première longueur en tant que Junior, elle s'efforce de faire du mieux qu'elle peut. Lever le coude, glisser les doigts, étirer la main...

Il y a tant de choses auxquelles elle doit penser. Normalement, Eva se contente de nager et d'apprécier la sensation que l'eau produit sur sa peau. Mais présentement, sa tête déborde de positionnements de mains et de techniques de nage. Son cerveau travaille aussi fort que son corps !

Lorsqu'elle arrive dans le petit bassin, Eva décide de prendre une pause. Ses joues sont brûlantes. Sa poitrine se gonfle à chaque respiration.

Dans le couloir voisin, Jade nage en direction du grand bassin. Eva la regarde nager à un rythme régulier d'un air impressionné.

Je vais la saluer quand elle va s'arrêter, songe Eva.

Tandis que Jade s'approche du mur, elle enfonce la tête sous l'eau et effectue un virage en culbute en un tour de main. Puis, elle se donne une poussée sur le mur et reprend sa nage.

Waouh! pense Eva. C'est sûr que je vais lui dire bonjour.

Elle aperçoit de l'eau jaillir au moment où Jade reprend sa course.

Eva se repositionne pour entreprendre une autre longueur. Cette fois-ci, elle essaie de suivre la cadence de Jade.

Mouvement des bras, mouvement des bras, mouvement des bras... respiration. Mouvement des bras, mouvement des bras, mouvement des bras... respiration.

À l'autre bout, Jade effectue un autre virage en culbute. Elle recommence à nager et passe devant Eva. Elle est si rapide ! Eva sait qu'elle n'a aucune chance de suivre sa cadence.

Mais pour une fois, cela lui est égal de ne pas être la plus rapide. Elle sait qu'elle a encore un million de choses à apprendre dans le groupe Junior. Et Eva est impatiente d'apprendre chacune d'elles.

Chapitre quatre

À la fin du cours, Eva est épuisée. Elle n'a jamais travaillé aussi fort de sa vie !

Elle s'assoit sur un banc dans le vestiaire et écoute les autres filles de son groupe bavarder et rire dans les douches. Ses jambes et ses bras sont lourds et fatigués. Elle n'a même pas assez d'énergie pour prendre une douche !

Même sa bouteille d'eau donne l'impression d'être lourde lorsqu'elle la soulève pour prendre une gorgée. Mais l'eau fraîche la désaltère. Eva sort sa boîte à lunch de son sac et commence à manger du fromage et des biscuits.

Miam! Eva n'est pas seulement fatiguée et assoiffée. Elle est aussi affamée!

Jade ouvre la porte de sa cabine de douche et sort. Elle a enroulé une serviette autour de sa tête et une autre autour de son corps.

— Comment s'est passé ton premier cours avec le groupe Junior? demande Jade.

Elle laisse tomber son sac sur le banc dans un bruit sourd.

— Bien, répond Eva en souriant légère-ment.

Puis elle sent un large sourire se dessiner sur son visage.

— Mais j'ai l'impression que mes bras vont tomber!

Jade éclate de rire.

— Ça va s'arranger, la rassure-t-elle. Tes muscles vont s'habituer.

Elle commence à enfiler son jean tout en essayant de maintenir la serviette en place.

Eva balaye les miettes sur ses doigts et se lève.

— J'ai hâte d'apprendre à tourner sous l'eau comme toi. C'est comme aux Jeux olympiques !

Jade sourit.

— Les virages en culbute sont très gra-
cieux ! Ce serait merveilleux si nous nous
rendions aux Jeux olympiques, n'est-ce pas ?

Jade regarde dans le vide pendant un
moment. Ses yeux sont écarquillés et brillants.

Eva soupire et hoche la tête tandis qu'elle
commence à s'habiller. Elle sait pourquoi les
yeux de Jade sont aussi rêveurs. Eva s'est sen-
tie de la même façon lorsqu'elle a regardé la
photo des Filles en or.

Jade finit de se vêtir peu de temps après.
Elle met son sac sur son épaule.

— J'adore tes ongles, Eva ! lance Jade.

Eva lève les doigts pour permettre à Jade de
mieux les voir.

— Jolis gribouillis, la complimente Jade.
Mais tu sais, je suis une artiste, moi aussi.

Jade lui montre ses ongles. Ils sont jaunes avec des étoiles rouges scintillantes !

Les deux filles se sourient pendant un instant. Puis, Marianne et Océane sortent des douches et commencent aussi à s'habiller.

— Hé, est-ce que vous avez faim ? demande Eva en leur montrant le fromage et les biscuits dans sa boîte à lunch. Il y en a pour tout le monde !

— Waouh !

— Miam !

— Merci.

La boîte à lunch d'Eva se vide rapidement. En un rien de temps, les quatre filles sont devenues amies.

Eva est encore fatiguée, et elle a encore faim. Mais après seulement un cours avec le Junior, elle a rencontré d'autres enfants qui raffolent de la natation autant qu'elle. De plus, elle a eu la chance d'améliorer ses techniques comme jamais auparavant.

La vie ne pourrait être plus merveilleuse !

Chapitre cinq

Eva nage de toutes ses forces, battant chaque bras dans l'eau. Elle sait que le mur n'est pas loin. Eva prend une grande respiration, s'élance vers l'avant et effectue un virage tout en douceur. Puis, elle se donne une bonne poussée sur le mur et se remet à nager.

Au cours des six dernières semaines, Eva a beaucoup appris sur la nage. Plus qu'elle ne l'aurait imaginé !

— Place tes mains comme ça, lui répète Olivier. Essaie de respirer de chaque côté après avoir effectué trois mouvements de bras.

C'est une sorte de magicien — chaque truc qu'il lui donne est comme une formule magique qui lui permet d'avancer plus vite sous l'eau. Abracadabra !

Lorsqu'Eva atteint l'autre extrémité de la piscine, elle s'immobilise et regarde l'horloge.

Bien. Elle nage rapidement aujourd'hui.

Dans le couloir voisin, Marianne est déjà appuyée contre le mur.

— Fromage et craquelins ? l'interroge-t-elle en replaçant une mèche de cheveux sous son casque de bain.

— Hé non ! répond Eva en secouant la tête.

Depuis qu'Eva s'est jointe au groupe, les filles ont alternativement apporté une collation à partager après le cours. C'est au tour d'Eva aujourd'hui, et les autres tentent de deviner ce qu'elle a apporté.

— Des sushis? crie Océane, deux couloirs plus loin.

Eva secoue la tête.

Bientôt, Jade s'arrête pour se reposer dans le couloir de l'autre côté d'Eva. Elle lève les mains pour montrer ses ongles nus à Eva. Elle feint un air triste.

— Mon professeur d'éducation physique m'a demandé d'enlever mon vernis à ongles, dit Jade en faisant la moue.

Eva montre ses ongles à Jade.

— Ma mère m'a aussi réprimandée, dit-elle tout bas. Mais je vais en remettre plus tard.

Jade rit.

— Des sandwichs à la salade? crie Océane.

— Non! répond gaiement Eva.

Elles ne devineront jamais qu'elle a préparé des smoothies à la banane qu'elle garde au froid dans un thermos !

Eva et Jade replacent leurs lunettes de plongée en même temps et se remettent à nager.

Mouvement des bras, mouvement des bras, mouvement des bras... respiration.

Eva tend les bras vers l'avant à chaque mouvement de bras, en essayant de suivre le rythme de Jade. Elle tente sans cesse de dépasser son amie. Mais Eva n'est pas encore assez rapide.

Chaque fois qu'elle prend une respiration du côté de Jade, Eva essaie de la repérer. Son corps lui donne l'impression d'être rapide et forte.

Eva sent une fébrilité lui envahir la poitrine. Elle aperçoit la traînée d'éclaboussures de Jade dans le couloir voisin...

Les deux filles font une culbute contre le mur en même temps. Eva sourit intérieure-ment sous l'eau.

Je n'arrive pas à y croire ! Pour la première fois de ma vie, j'arrive à suivre Jade !

À la fin du cours, Eva se hisse hors de la piscine. Elle a chaud et elle est épuisée. Mais elle est fière d'être parvenue à suivre la cadence de Jade.

Olivier a l'air pensif.

— Comme certains d'entre vous sont déjà au courant, la compétition des clubs de natation la Vague aura lieu dans moins de deux semaines, crie-t-il.

La plupart des enfants hochent la tête. Jade secoue les bras comme si elle se préparait déjà pour la compétition.

Olivier regarde Eva.

— Et je crois que tu es prête pour ta première course, Eva.

Génial ! Eva adresse un large sourire à Jade et fait pivoter les demi-pointes de ses pieds. Elle va participer à une vraie course !

Eva écoute attentivement pendant qu'Olivier leur explique l'entraînement préparatoire auquel elles seront soumises. Elle en tremble d'excitation.

Voilà ce à quoi il faut s'attendre dans le groupe Junior. Eva est impatiente de participer à la course.

Chapitre six

Les deux semaines suivantes, Eva pense sans arrêt à la compétition des clubs. C'est du sérieux !

Elle a beaucoup à faire. Travailler sur sa respiration, améliorer sa technique de nage et augmenter son endurance. Elle essaie également de bien s'alimenter afin d'avoir le plus d'énergie possible...

Même à l'école, ou lorsque sa mère lui parle, le cerveau d'Eva est occupé à se repasser tous les trucs que lui donne Olivier — comment s'élancer rapidement au départ, comment exécuter chaque mouvement de bras, comment garder une respiration soutenue.

Je dois bien réussir ma course, se répète-t-elle continuellement. Je dois suivre les autres compétiteurs.

Lorsqu'Eva pense à suivre les autres membres de son équipe, son cœur bat la chamade dans sa poitrine, comme si elle nageait déjà.

Eva est si concentrée sur la nage et la compétition qu'elle n'arrive plus à se souvenir de rien — comme faire ses devoirs ou enfiler son coupe-vent.

Le jour précédant la compétition des clubs, elle oublie même son lunch. Lorsque le père d'Eva tape contre la fenêtre de la porte de la classe, tout le monde se met à rire. Alexia, qui est assise à côté d'Eva, lui donne un coup de coude.

Eva se sent rougir. Habituellement, elle est très organisée. Elle n'oublie jamais rien ! Mais présentement, elle ne pense qu'à la compétition.

Ça n'a pas d'importance, se dit Eva. Elle doit manger un lunch nourrissant si elle veut nager rapidement demain.

Le lendemain matin, Eva parvient à peine à réfléchir. Elle a l'impression que son corps est réglé au quart de tour. Ses jambes tremblent d'excitation. Elle a des papillons dans le ventre.

Que se passe-t-il ? se demande Eva. Elle n'a pas l'habitude d'être aussi nerveuse. En temps

Pourquoi suis-je aussi nerveuse?

normal, Eva est téméraire et forte, et elle a confiance en ses moyens. Elle n'a pas l'habitude d'avoir les jambes molles et l'estomac à l'envers.

Pourquoi se sent-elle aussi mal?

Eva entre dans le complexe aquatique et avale sa salive. Les estrades sont pleines à craquer!

Eva ne savait pas qu'il y avait autant de gens inscrits à des clubs de natation — des adolescents, des adultes, et même des enfants qui ont l'air plus jeunes qu'elle. Et tout le monde porte un chandail aux couleurs du club de natation la Vague — rouge et jaune !

À la vue de tous ces gens, Eva recommence à sentir de la nervosité. Elle va faire sa première course devant une foule monstre !

Elle rejoint ses amies près de la piscine d'échauffement.

— Es-tu prête, Eva ? demande Marianne. J'adore les courses !

Elle secoue les bras et les jambes comme une poupée de chiffon.

Eva dépose son sac de plongée et jette un coup d'œil à ses parents dans les estrades.

— Je crois que oui, répond-elle.

Elle ressent un peu d'excitation, mais surtout de la nervosité.

— Hé, calme-toi, dit Jade en donnant un coup de poing amical sur le bras d'Eva. Tout ira bien une fois que tu seras dans la piscine.

Eva hoche la tête.

Mais elle ressent une drôle de sensation pendant qu'elle exécute ses longueurs d'échauffement. Comment trouver le rythme

quand la seule chose à laquelle elle pense, c'est qu'elle va faire une course devant autant de gens ?

Une fois qu'Eva est montée sur le plot de départ, son cœur se met à battre à toute vitesse. Elle essaie de prendre de grandes respirations.

Le pistolet de départ produit un déclic, ce qui signifie «prenez votre position». À côté d'Eva, les autres enfants se hissent sur les plots de départ.

Le silence s'installe dans les estrades.

Eva se penche vers l'avant — les bras prêts à se balancer vers l'avant, les jambes prêtes à pousser...

Ses cuisses tremblent.

BANG !

Au son du pistolet de départ, Eva se donne une poussée et plonge dans la piscine. Le cœur d'Eva bat tellement vite qu'elle a de la difficulté à se concentrer.

Puis — plouf, plouf, plouf — elle martèle la surface de l'eau avec les pieds et se prépare à entreprendre sa série de mouvements de bras.

Ses poumons brûlent déjà. *Mouvement des bras, mouvement des bras, mouvement des bras... respiration.*

Mouvement des bras, mouvement des bras... respiration, GASP !

Eva donne tout ce qu'elle peut, mais elle a les jambes en compote. Ses bras sont douloureux et faibles.

Comment nager vite ? pense Eva. J'arrive à peine à respirer !

Chapitre
sept

À la fin des courses, Eva est dans un état lamentable. Elle est arrivée en dernière position à chacune des courses. Et de loin! Elle n'a pas réussi à suivre les autres.

Lorsque les autres enfants de l'équipe se dirigent vers le vestiaire, Eva les suit lentement. Elle ne veut pas se changer avec ses amies.

Elle regarde les estrades, et aperçoit sa mère qui lui sourit et lui envoie la main. Son père lève les pouces.

Eva souhaiterait courir rejoindre ses parents et se blottir dans leurs bras. Mais elle devra attendre. Elle doit d'abord se changer.

Tandis qu'elle se dirige vers le vestiaire, Eva baisse les yeux sur ses mains. Elle regarde ses ongles délirants d'un air renfrogné. Elle ne les

aime plus. Pas après avoir fait une aussi mauvaise course.

— La voilà !

Soudain, Jade, Marianne et Océane s'attroupent autour d'Eva. Elle avale sa salive. Elle a honte d'avoir nagé aussi mal.

— Nous ne pouvions pas commencer sans toi, dit Jade.

Elle pointe un banc couvert de nourriture : des serpents en gélatine, des sandwichs à la confiture, des truffes au chocolat et un sac de croustilles.

L'estomac d'Eva fait des gargouillis.

— C'est l'anniversaire de quelqu'un ? demande-t-elle doucement.

— Non, répond Marianne en offrant des truffes au chocolat à la ronde. C'est un secret, alors ne le dis pas aux garçons de l'équipe.

Mais après chaque course, nous faisons une fête.

Elle met une truffe dans sa bouche. Puis elle sourit, du chocolat pris entre les dents.

— Cool! Merci, dit Eva, qui se sent soudainement un peu mieux.

Elle met un serpent dans sa bouche, appréciant l'amalgame de saveurs. Normalement, elle préfère manger des aliments sains après avoir nagé. Mais présentement, c'est de sucre dont elle a besoin.

Les quatre filles se regroupent autour du banc. Elles bavardent tout en mangeant.

— Je me souviens de ma première course, dit Marianne. Je nageais de travers et j'ai foncé dans les cordes de couloir.

— Je me souviens! s'écrie Jade. Tu étais presque rendue dans mon couloir.

Tout le monde éclate de rire.

— J'étais vraiment nerveuse à ma première course, moi aussi, dit Jade en souriant doucement à Eva.

Eva baisse les yeux sur le banc, puis elle regarde Jade.

— Tu as été formidable aujourd'hui, dit-elle.

Jade a remporté trois courses.

— Bof, j'aurais aimé nager plus vite, dit Jade d'un air renfrogné. Il le faudra si je veux remporter une médaille aux championnats provinciaux.

Eva sourcille.

— Les championnats provinciaux? répète-t-elle.

— Ouais, tu n'étais pas au courant? demande Océane. Tous les gagnants d'aujourd'hui auront la chance de représenter le club la Vague aux championnats provinciaux.

C'est pour cette raison que Jade prend les compétitions si au sérieux.

Soudain, le corps d'Eva est submergé par un sentiment de déception. Elle a tout bousillé aujourd'hui. Elle n'a plus aucune chance de pouvoir nager aux championnats provinciaux.

Pourquoi n'ai-je pas été plus rapide ? pense Eva, malheureuse.

Chapitre
* huit *

— Eva, attends !

Le cours suivant, Olivier interpelle Eva afin de lui parler seul à seul.

Eva baisse la tête et regarde ses ongles nus en fronçant les sourcils. Elle n'avait pas très hâte au cours d'aujourd'hui.

— Comment vas-tu ? demande Olivier.

Il donne de petites tapes sur le banc afin qu'Eva s'assoit à côté de lui.

Eva s'assoit en haussant les épaules.

— Bien, je crois.

Elle regarde Olivier de biais. Elle se demande s'il est fâché contre elle. Ou pire, si elle l'a déçu.

Mais ses yeux sont doux et gentils.

— C'est difficile, la course, n'est-ce pas? dit-il.

Eva hoche la tête et pousse un long soupir tremblotant.

— Tout a été de travers.

Ils entendent le bruit d'un grand éclaboussement suivi d'un rire en provenance de la piscine des bambins.

— Les courses se gagnent et se perdent ici, dit Olivier en tapotant sa tempe. Comprends-tu ce que je veux dire?

Eva plisse le nez. Des départs puissants, des virages en culbute exécutés rapidement, des mouvements de bras tout en douceur, pense-t-elle. C'est comme ça qu'on remporte des courses. Elle secoue la tête.

Olivier se gratte le menton d'un air pensif.

— Ce qui se passe dans ta tête, commence-t-il, peut influencer la réaction de ton corps.

Eva repense à la façon dont elle se sentait avant les courses. Les idées se bousculaient

C'est en nageant bien qu'on gagne, n'est-ce pas?

dans sa tête et son corps était tendu. Ce n'est pas surprenant qu'elle ait nagé aussi lentement.

— La nervosité n'y est pour rien, dit Olivier en souriant. Pourquoi ne ferions-nous pas quelques exercices qui t'aideront à te calmer?

Eva se mordille la lèvre.

— Pour vrai? demande-t-elle.

Elle doute de pouvoir parvenir à se calmer avec des exercices.

Olivier hoche la tête.

— Je l'ai déjà fait avec plusieurs membres de l'équipe, affirme-t-il.

Puis il frotte ses mains l'une contre l'autre.

— Explique-moi pourquoi tu aimes la natation.

— Hum...

Eva incline la tête et regarde les traînées d'éclaboussements dans la piscine pour la nage en longueur. Elle réfléchit.

— J'aime l'eau, finit-elle par dire. J'aime la sensation qu'elle produit sur ma peau. J'ai l'impression de voler.

— Bien. Souviens-toi toujours de cette sensation, car c'est elle qui prédomine. Même quand tu fais des courses.

À la simple pensée des courses, Eva se met soudainement à avoir froid. L'effet de l'eau est différent lorsqu'elle est nerveuse.

— Est-ce que je peux faire des longueurs, maintenant? demande Eva.

Elle n'aime pas rater du temps de piscine.

— Non. À présent, j'aimerais que tu fermes les yeux.

Eva fait ce que lui demande Olivier. Elle entend de faibles flics, flocs, ploufs en provenance de la piscine pour nage en longueur.

— Prends de grandes respirations, dit Olivier. Inspire par le nez et expire par la bouche.

L'air sent le chlore.

— Maintenant, imagine que tu nages le crawl, dit Olivier.

Sa voix est calme.

Dans sa tête, Eva essaie de s'imaginer en train de nager. Elle a l'impression d'être ridicule. Eva ouvre les yeux.

— Puis-je aller nager pour vrai ? demande-t-elle.

— Pas tout de suite, répond Olivier sur un ton impatient.

Eva soupire et referme les yeux. Elle s'assoit sur le banc et essaie de détendre ses épaules.

Elle s'imagine lever le coude dans les airs et glisser les doigts sur l'eau. Elle se voit tourner la tête et prendre une respiration après avoir effectué trois mouvements de bras.

— Quelle sensation l'eau produit-elle sur toi ? demande Olivier.

— C'est doux et chaud.

— Oui, l'eau est douce et chaude. Et regarde à quelle vitesse tu nages ! Tu te sens forte et calme. Tu as un bon pressentiment à propos de cette course.

Tandis qu'Eva écoute la voix d'Olivier, elle a l'impression que ce qu'il lui dit est réel. Je nage vite ! Je me sens bien. C'est mon mouvement de bras le plus réussi, et mes épaules sont si fortes...

Eva respire maintenant à un rythme régulier. Elle retient son souffle au bon moment à

chacun de ses mouvements de bras imaginaires.

Elle se sent calme. Mais en même temps, elle est emballée et excitée.

Chapitre neuf

— Bon travail, Eva, dit Olivier après un moment.

Eva ouvre les yeux et regarde tout autour. Elle était si concentrée qu'elle a l'impression qu'elle s'était réfugiée très loin dans sa tête. Comme si elle était partie dans un autre monde.

— Tu peux le faire pour vrai maintenant, dit Olivier en se levant. Allez, à plus tard.

Eva se relève lentement. Elle voit encore les mouvements de bras imaginaires dans sa tête pendant qu'elle s'échauffe.

Elle se dirige ensuite vers un couloir libre et se hisse sur le plot de départ. Elle se place en position pour plonger.

Plouf !

D'un seul mouvement, Eva est de nouveau dans la piscine. Elle sent l'eau la guider vers la surface. C'est si bon de pouvoir enfin être dans l'eau !

Mais étrangement, Eva a l'impression qu'elle nage depuis longtemps.

Au cours des trois semaines suivantes, Eva débute chaque cours sur le banc. Ce n'est pas si mal. Elle commence à apprécier la sensation apaisante que cela lui procure.

Olivier s'assure aussi qu'elle concentre ses pensées sur plusieurs autres choses. Par exemple, faire une course contre la montre et réaliser le meilleur chrono de sa vie.

Deux semaines avant les championnats, Olivier s'assoit avec Eva au début du cours. Les autres enfants de son équipe s'entraînent déjà dans la piscine.

— Imagine-toi que tu fais une course, dit Olivier.

Sur ces paroles, le cœur d'Eva se met à battre à vive allure malgré qu'elle soit paisiblement assise sur un banc. Elle ouvre les yeux et secoue la tête.

— Concentre-toi sur ta respiration, dit Olivier. Inspire par le nez, expire par la bouche.

Après avoir pris quelques grandes respirations, les palpitations diminuent petit à petit.

Les courses me rendent nerveuse.

— Maintenant, imagine que tu participes aux championnats provinciaux et que tu te sens bien, dit Olivier. Tu es excitée, Eva ! Tu vas en apprécier chaque moment.

Eva pense à la sensation du plot sous ses pieds nus. Le son du déclic du pistolet.

Je suis excitée, se convainc fermement Eva. Je vais avoir du plaisir. Puis, c'est exactement ce qui se produit lorsqu'elle fait sa première course dans sa tête !

— Bien, dit Olivier au moment où Eva ouvre les yeux. Dis-moi. Aimerais-tu que cela se réalise pour vrai ?

— Vous voulez dire...

Eva s'avance sur le banc.

— Vous me demandez si j'aimerais participer aux championnats provinciaux ?

Elle sent une boule d'excitation se former dans son ventre.

— Il nous manque un nageur pour le relais cent mètres en nage libre. C'est ta spécialité.

Olivier sourit et se lève.

— Tu viens juste de le faire dans ta tête, non ?

Il regarde les autres enfants à la ronde, puis se tourne vers l'horloge.

Eva avale sa salive et prend une longue res-piration apaisante. Elle hoche ensuite la tête.

Je peux y arriver, pense-t-elle. J'ai déjà réussi dans ma tête. Il ne me reste plus qu'à le faire pour vrai.

Chapitre dix

Au cours des deux semaines suivantes, Eva s'entraîne plus fort que jamais. Elle chronomètre ses longueurs, accorde un soin particulier à ses départs et fait même quelques exercices de relais supplémentaires. Elle réalise également plusieurs courses dans sa tête.

C'est formidable. Eva arrive à peine à croire qu'elle va participer aux championnats provinciaux. Et la voilà en train de s'entraîner pour le relais avec les autres filles de son équipe !

Après leur dernier entraînement, Olivier convoque une réunion d'équipe.

— OK tout le monde, vous avez tous bien travaillé.

Olivier place ses mains sur ses hanches.

— Reposez-vous d'ici dimanche. Ensuite, vous devrez donner tout ce que vous avez au nom du club la Vague !

Sur ces paroles, Olivier lève le bras dans les airs et agite le poing. Tout le monde l'imite et pousse des vivats.

Eva croise ses mains sur ses épaules. Je vais nager pour le club la Vague, pense-t-elle en ressentant une boule d'excitation dans son ventre. C'est énorme ! Encore plus important que la compétition des clubs la Vague.

Tandis que les filles se dirigent vers le vestiaire, Jade place son bras autour des épaules

Yé!

d'Eva et lui explique à quoi ressemble le complexe aquatique provincial.

— La piscine est géniale, dit Jade sur un ton enjoué.

Puis, elle se mordille la lèvre et regarde Eva.

— Imagine si nous remportons chacune une médaille !

Eva hoche la tête et sourit à son amie. Elle est en train de faire une course dans sa tête. La boule dans son ventre se met soudainement à grossir.

— Tu as fini de râper cette carotte ? demande la mère d'Eva.

— Presque ! soupire Eva.

Eva prépare un gâteau aux carottes avec sa mère. C'est nourrissant en plus d'être très bon. Le goûter parfait pour une fête d'après-course !

La couleur vive fait sourire Eva tandis qu'elle ajoute les carottes râpées à la pâte à gâteau. Puis elle commence à malaxer le tout. C'est facile depuis que ses bras ont pris du muscle !

Pendant qu'Eva malaxe, elle s'imagine en train de manger de grosses pointes de gâteau avec ses amies. Lorsque nous le mangerons, pense Eva, les championnats provinciaux seront déjà choses du passé...

— C'est délicieux! dit Eva à voix haute en léchant la cuillère.

Sa mère place le gâteau au four et met le minuteur en marche.

— Je vais être dans le bureau si jamais tu as besoin de moi, dit-elle à Eva.

Hum! Lécher la cuillère est le moment préféré d'Eva. C'est tellement meilleur que les gâteaux qui se vendent en magasin!

Une fois qu'elle a fini de lécher la cuillère, Eva balaye la cuisine du regard. Elle n'a rien à faire. Rien, sauf penser au lendemain.

L'estomac d'Eva se retourne subitement d'excitation. Son cœur se met à battre plus vite. Mais Eva sait comment se calmer, maintenant.

Elle s'assoit sur le plancher de la cuisine, ferme les yeux et se concentre sur sa respiration.

Les battements de son cœur se mettent aussitôt à ralentir.

Les yeux fermés, Eva s'imagine en train de faire une course à relais. Elle se voit sur le plot de départ, attendant que Marianne touche le mur avant de plonger à l'eau...

Les yeux d'Eva s'ouvrent brusquement. Il y a quelque chose qui ne va pas !

Dans sa tête, Eva s'imagine être dans la piscine de la Vague. Sa piscine. Mais c'est faux. La compétition de demain va avoir lieu au complexe aquatique provincial !

Eva ferme les yeux fortement. Son cœur se met à battre plus vite.

Comment faire pour se représenter le complexe aquatique provincial ? Eva n'y a jamais mis les pieds ! Ne panique pas, Eva, se répète-t-elle. Tu peux vaincre le trac.

Eva essaie à nouveau. Elle se voit en train de nager le relais dans une piscine imaginaire. Mais elle a le souffle coupé et un nœud dans l'estomac.

Ça ne fonctionne pas, pense Eva en ouvrant les yeux et en regardant tout autour. Je vais échouer à la grande compétition !

Chapitre
onze

— Es-tu nerveuse ? demande la mère d'Eva. Elle regarde Eva, qui est assise à la table de la cuisine et se ronge les ongles.

Eva hoche la tête, et commence ensuite à se mordre la lèvre. Elle est beaucoup trop nerveuse pour bien nager demain. Et elle ne parvient même pas à se calmer !

— Ah, Eva, dit sa mère en lui caressant l'épaule. Ne sois pas si exigeante envers toi-même, ma chérie. C'est seulement ta deuxième course.

Eva arrête de se mordiller la lèvre et hausse les épaules. Elle sait que sa mère a raison.

Mais c'est difficile de ne pas se laisser submerger par ces pensées — rivaliser avec des jeunes de partout dans la province qui ont chacun les aptitudes pour remporter une médaille. Et Jade, en particulier.

Eva veut remporter une médaille à tout prix. C'est pourquoi elle s'inquiète tant à propos de la course !

— Sais-tu que Jade t'a envoyé un courriel ? l'informe sa mère. Ça va peut-être te remonter le moral.

— C'est vrai ? dit Eva en se levant d'un bond.

Il y a longtemps qu'elle et Jade se sont échangé leurs adresses courriel, mais elles s'écrivent rarement. Elles sont trop occupées à nager ensemble !

Dans le bureau, Eva s'assoit et ouvre le message.

— JETTE UN COUP D'ŒIL À CES ONGLES!!!!!!!!!!, a tapé Jade. Puis il y a un lien sous son message.

— Bon, une autre adepte du vernis à ongles! dit la mère d'Eva qui regarde l'écran par-dessus son épaule.

Eva ne peut s'empêcher de sourire. Bien qu'il s'agisse également d'une journée importante pour Jade, elle n'a pas oublié son amie.

Eva clique sur le lien, puis une page s'ouvre sur un article qui porte sur la nageuse blonde qui a peint ses ongles. Il y a une photo d'elle avec les mains dans les airs. Cette fois-ci, ses ongles sont rayés bleu, blanc et rouge.

— Ma foi! s'esclaffe la mère d'Eva, désespérée.

Eva sourit et commence la lecture de l'article. Elle sait à quel point les muscles de l'athlète sont endoloris après ses séances d'entraînement et combien d'efforts elle doit déployer pour effectuer chaque mouvement

de bras. Eva prend soudain conscience qu'elle a beaucoup appris depuis qu'elle s'est jointe à l'équipe Junior.

Elle a fait énormément de progrès depuis son premier cours. Cela la calme un peu intérieurement.

Sa mère lui caresse le genou.

— Tu te sens mieux, ma chérie?

Eva hoche la tête. Le relais l'énerve encore, mais cela ne la dérange plus autant. Après tout, la course n'est qu'une discipline au programme de l'équipe.

Eva s'enfonce dans sa chaise. Peu importe ce qui arrivera, elle a une fête à préparer pour demain. Et en plus, elle aura la chance de nager dans une nouvelle piscine.

Elle se sent privilégiée de faire partie de cette compétition.

La piscine du complexe aquatique natio-
nal est impressionnante... et énorme! Des
drapeaux sont suspendus au-dessus de l'eau
bleu clair, et des cordes noires séparent les
couloirs. Eva n'arrive pas à croire qu'elle va
bientôt nager dans cette piscine!

Le complexe est plein à craquer. Eva se
sent toute petite parmi la foule. Mais elle est
excitée, aussi. Pense au plaisir que tu vas
avoir, se répète-t-elle pendant qu'elle se
change avec le reste de l'équipe dans le vestiaire bondé.

Tandis qu'elle effectue ses longueurs
d'échauffement, Eva essaie de se concentrer sur sa technique et sur la sensation de
l'eau.

Son cœur bat très vite, mais elle ne s'en fait pas. Elle ne pense qu'à garder la cadence pendant qu'elle nage.

Jusqu'au moment de prendre le départ pour la grande course, Eva tente de se concentrer et de se relaxer.

Lorsque ses coéquipiers se mettent en position, Eva fixe son regard sur le derrière de la casquette de Marianne.

— Le club de natation la Vague ! crie le présentateur.

La foule se lève et applaudit, puis Eva cesse de regarder le derrière de la casquette de Marianne. Elle observe les couleurs et l'agitation dans les estrades. Il y a tant de gens ! Et beaucoup de banderoles et d'affiches, également.

— Vas-y Théo !

— Le club de natation Étoile de mer *Vous êtes des gagnantes !*

Eva n'a jamais vu autant de personnes réunies à un même endroit ! Elle a la gorge sèche. Elle ne sait même pas où sont assis ses parents, et ignore où se trouve Olivier.

Pendant un moment, Eva sent une pression dans sa poitrine.

Je ne veux pas me sentir comme ça maintenant, se dit-elle. Plus jamais ! Eva se concentre sur sa respiration. Elle refuse de regarder la foule.

Elle garde plutôt les yeux sur l'eau. Il n'y a presque personne dans la piscine. De petites vagues frappent doucement contre les murs. La piscine semble attendre — prête à aider Eva à nager.

À présent, le cœur d'Eva bat un peu moins vite. Elle se tient droite et respire à fond. Eva est prête à nager pour la Vague.

Chapitre

douze

Il règne une atmosphère détendue dans le complexe. Tous les yeux sont rivés sur les filles qui ont pris position sur les plots de départ. On dirait une photo — personne ne bouge.

BANG !

Au son du pistolet, la foule reprend vie.

— Allez, la Vague !

Mais Eva ignore la foule. Elle garde les yeux sur la piscine, et regarde Marianne nager le premier tronçon de l'épreuve. Elle rivalise avec sept autres nageurs.

Lorsque son amie sort de la piscine, Eva s'installe sur le plot de départ. Elle entend son cœur battre — il semble courir dans sa poitrine, prêt à nager.

Bientôt, Marianne effectue son virage en culbute et se dirige à nouveau vers Eva. De sa position, Eva a l'impression que Marianne est en troisième place.

Dans le couloir à côté d'Eva, le premier nageur rejoint l'extrémité de la piscine et le deuxième participant plonge dans l'eau.

Un peu plus loin, un autre nageur a aussi sauté dans un plouf.

Eva se penche, avec le cœur qui lui martèle la poitrine. Elle attend. Les muscles de ses cuisses sont tendus.

Aussitôt que la main de Marianne touche le mur, Eva s'élance du plot de départ.

Plouf! Eva plonge dans l'eau à travers la vague de bulles. Elle bat des jambes énergiquement avec l'impression que l'eau la guide à la surface. Elle entame ses mouvements de bras.

Au moment où elle prend sa première respiration, elle jette un coup d'œil aux couloirs voisins. Eva décide d'ignorer où se trouvent les autres nageurs par rapport à elle. Elle se concentre sur le mouvement de ses bras.

Ne pense pas à cela, se dit Eva en redoublant d'efforts. Nage, c'est tout ce qui compte!

À la fin de la journée, Eva et ses coéquipiers s'entassent dans un coin du vestiaire bondé. Il n'y a pas beaucoup de place pour faire une fête d'après-course! Mais cela ne semble pas importuner personne.

— J'adooore le gâteau aux carottes! dit Marianne, la bouche pleine. Elle a du glaçage blanc sur la joue.

Eva rit. La moitié du gâteau s'est déjà envolée, et personne n'a encore touché aux rouleaux à la confiture achetés à l'épicerie.

Elle glisse le doigt sur le glaçage de sa pointe de gâteau et le lèche allègrement.

Ce fut une journée chargée. La nervosité, l'excitation de participer à une compétition,

puis le plaisir qu'elle a eu à encourager Jade lorsqu'elle a fait sa course en dos crawlé.

Après tout ça, elle est heureuse de pouvoir se détendre avec ses amis. Eva n'a presque pas parlé à Jade de la journée.

Elle regarde son amie et lui sourit. Elles ont chacune une médaille de bronze autour du cou — pour avoir terminé en troisième position au relais ! Jade a aussi une médaille d'or autour du cou, puisqu'elle a remporté la course en dos crawlé. Eva est tellement contente pour son amie.

Jade fait un clin d'œil à Eva tandis qu'elle prend une autre bouchée de gâteau. Eva baisse les yeux sur sa médaille et sourit légèrement.

Puis elle regarde Jade à nouveau. Avec un synchronisme quasi parfait, les deux filles lèvent les mains dans les airs et agitent leurs doigts.

Elles ont toutes deux peint leurs ongles aux couleurs de la Vague — rayés rouge et jaune !

GO GIRL!

À lire aussi

La soirée pyjama

La pire gymnaste

Esprit de famille

L'histoire
d'Eva t'a plu ?
Tu aimeras tout
autant l'histoire
des autres filles
de la collection

Go Girl!

Go Girl!
La récré du midi

Go Girl!
La rentrée scolaire

Go Girl!
Une fête d'enfer!

Go Girl!
Vacances en famille

Go Girl!
La nouvelle élève

Go Girl!
Le club super secret

Go Girl!
Camp de torture

Go Girl!
Entre filles et garçons

GO GIRL!

**La nouvelle série
qui encourage les filles
à se dépasser !**

La vraie vie,

De vraies filles,

De vraies amies.

Imprimé au Canada